KB070947

우리 어디쯤 가나

박영교

안동고등학교, 안동교육대학, 중앙대학교 사범대학, 고려대학교 교육대학원
(석사) 졸업
1972년 시(김요섭), 1973~75년 《현대시학》 시조(이영도) 등단
시조집 『가을 寓話』 등 11권, 평론집 『문학과 양심의 소리』 등 5권
제1회 중앙시조대상(신인 부문), 제4회 민족시가대상, 제56회 한국문학상(문
협), 제1회 경상북도문학상, 제1회 한국시조시학상, 제42회 경상북도문화상
(문학), 제24회 한국크리스천문학상, 제5회 조운문학상, 제3회 탄리문학상
(문협 성남지부) 외 다수 수상
한국시조시인협회 수석부이사장, 영남시조문학회 회장, 경북문인협회 회장,
현대사설시조포럼 회장, 사)대한노인회 영주시지회 부설 노인대학장 역임
현재 한국문인협회·한국시인협회·한국시조시인협회·낙강시조시인협회 회
원, 경북문인협회 고문, 영주문예대학장, 시조동인 '오늘' 동인
kyo4301@hanmail.net

우리 어디쯤 가나

초판 1쇄 2024년 5월 31일
지은이 박영교
펴낸이 김영재
펴낸곳 책만드는집
—
주소 서울 마포구 양화로3길 99, 4층 (04022)
전화 3142-1585·6
팩스 336-8908
전자우편 chaekjip@naver.com
출판등록 1994년 1월 13일 제10-927호
ⓒ 박영교, 2024

* 이 시집은 2024년 《서울문화재단 원로예술인 지원금》으로 발간되었습니다.

ISBN 978-89-7944-867-2 (04810)
ISBN 978-89-7944-354-7 (세트)

책 만 드 는 집
시인선 239

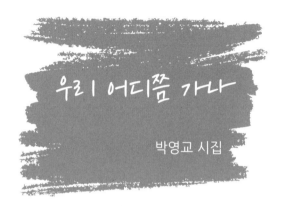

우리 어디쯤 가나

박영교 시집

책만드는집

세월이 너무 빠르다. 나에게는 아직도 할 일이 있고 마무리할 일들도 높은 언덕처럼 기다리고 있다. 써놓은 시집 원고만 해도 네 권 분량이 된다.

어쩌면 우리 후손들이 더 좋은 세상에서 살 수 있도록 훌륭한 미래를 만들어주었다는 말 한마디 듣고 떠나고 싶은가 보다. 또 우리나라가 어디로 흘러가는가? 나라 걱정에 젊은이들 걱정까지 답답한 마음으로 노년의 하루를 보낸다.

이제 우리의 시대는 다 가고 후손들의 시대가 미래를 만들어가고 있다. 더 좋은 나라에서 훌륭하게 살아가기를 기원하면서 이 시집을 출간한다.

죽는 날까지 열심히 쓸 것이다.

2024년 4월 목련이 피는 봄날
소백산 하에서 박영교

| 차례 |

1부 마지막 유서

2부 섬이 되어

3부　넌 어디쯤

4부   배고픈 시절

5부   부석사 목탁 소리

1부

마지막 유서

신체 양도

나에게는 아무것도 남은 것이 없어서
오늘 이승을 뜬다고 해도 서운할 것 없다
빛바랜
성 이름 석 자도
이제는 너절한 옷가지일 뿐

비우면 채워진다고 친구가 떠나며 부탁한 말
사람은 근본이 있어 한 권의 고서적 같은 것
다 비운
내 전신 모두
병원에 양도하고 간다

손자는 요즘

요즘 하루는 밥 축내는 일
잠도 잘 오지 않는 밤

내 안에는 잠도 없고
눈도 멀어 책도 못 볼 때

손자가
"할아버지 청소하자"

칭얼대며 손을 잡는다

갯벌

바다라고 믿고 있었으나

어느새 썰물이 되었고

때로는 큰 소리 들리는

흰 파도도 찾아온다

사람은

언제까지 살아봐야

인생살이 알 수 있겠나

사람의 운명 1

베토벤 교향곡 5번
카를로스 클라이버 지휘

발레를 보는 듯한 독특한 지휘 모습

속도감
살아있는 리듬감
아슬함을 느끼고 있다

베토벤 운명 교향곡
살아있는 사람들 호흡

가도 가도 끝이 없는 우리들 삶의 근원

모든 것

다 접어두고

편히 눕고 싶을 때일까

봄 1악장, 겨울 1악장 사이

1
비발디 봄 1악장 곡은
경쾌한 발놀림으로

춤추는 발레리나의 모습
알레그로 1악장 바이올린 소리

높은 재
넘어가는 숨소리

조용히 끝맺는 매듭 뒤

평안함

2

비발디 사계 중 가을의 1악장을 들으며

경쾌한 마음 열고 낙엽 떠는 소리 듣는다

지금도
그녀는 날 기다릴까

하얀 언덕 위

점 하나

어머니와 아버지

1

"엄마" 하고 불러대는
우리 칠 남매의 목소리

웃음과 울음으로 세상을 사셨던 것 같다

온종일
하나뿐인 목소리
지금도 귀에 쟁쟁하실까?

2

세상에서 제일 귀한 것
아버지의 불거진 어깨

해가 점점 더해갈수록 그 어깨는 겨울 산맥

돌아선

아버지 베개 위엔

촉촉하게 젖은 삶의 흔적

동생이 떠난 후
– 진호에게

아무것도 달라진 것 없는
사촌이 죽은 후의 일들

아들 진호는 어디에 두고
너는 떠나가 버렸니?

나에게
먼저 알리고
떠났으면 좋았을 것을

아들이 어디에 사는지
알지도 못하는데

아버지 죽음을 알리는 전화벨 소리에

얼른 와

사인하고 떠나버린

넌 누구의 자식이니?

인생살이 3

다 떠나고 없는 세상에
우뚝하게 살면 뭐 하니

그리움도 있어야 하고 아픔도 삭혀야 하는

나날 속
함께 젖어가는

잦은 비 맞으며 걷다

울기도 또 웃기도 하는
얼굴을 마주하면서

떨리는 감동으로 기쁨에 흔들리는 마음

오늘은
폭풍이 온다는 말

그래도 좋은 내가 사는 세상

사람의 운명 3

모스크바 방송 오케스트라

베토벤 운명 교향곡 5번

그 1악장을 듣는 청중은

고막이 터져도 좋다고 한다

베토벤

그대의 아픈 굴레

함께 맛보며

떠나다

내 몸 눕히다

내가 누워있는 이곳도 무덤일 수 있다고 하여
바람 소리 들려오는 형태가 다른 무덤도 있다
진부한 삶의 형상을 버리고
평지에 누워있을 수도 있다

눈물일 수도 있는 추위를 동반한 함박눈으로
강물 위 조용한 물살 큰 바다 흰 파도로
내 전신 대지에 쏟아진
그리움일 수도 있으리

마지막 유서

정도正道를 지켜 살았는가?
나는 마지막 유서를 쓴다

살아온 길 위에 서서
뜨거운 목줄을 걸고

내리는
산그늘을 타고

나 또한 어둠에 젖는다

자다가 깨지 못하면
어쩌나 떠날 준비는

유유히 사라져 가는

내 목숨에 불을 붙여

이 한밤
어둠을 밝혀

다 태우고 떠나고 싶다

잘못된 길

남들을 해코지하는 그릇된 맘 빨리 버려라

언제 어디서 그렇게 거두고 없어질 건가

후손들
앞길이 막막한

어두운 길 밝힐까

만남

만나자 말만 들어도
마음 먼저 뭉클하다

어디를 가도 즐겁고
아름다운 웃음소리가

함박눈
하얗게 덮이듯

우리 모두 얼굴에 가득

함께 살자

술잔을 한가득 채워서 높이 들자
채우지 못한 수많은 이웃들 형편
가난한
마음의 아픔도

함께 담아서 채우자

사람들은 내 잔만 채우면 그만이라지만
우리 함께 살아온 이웃의 숱한 일들도
내 생각
한가운데에서

맴돌고 있지 않은가

고향 생각 2

고향의 달빛에는 웃음소리 가득하다

타향에서 하루같이 빛바랜 생활 하니

그립다
그때 그 친구들

그때 그 웃음소리

하루살이 3

내 심장 고동 소리에
살아있음을 감사한다

나이 드니 잠만 늘고
느는 만큼 몸도 무거워

오늘도
새벽 밭에 나가서
찬 이슬 받아 먹는다

아침 식사 늦을수록
점심 한 끼 줄어들고

입맛도 밥맛을 탓해
몸무게가 줄어졌다

두 다리

무릎 관절도

그 사연을 아는 척

딱지 한 장

경찰서에서 느닷없이
딱지 한 장 날아왔다

시내에서 과속했다고 삼만 이천 원 내란다

날쌔게
노려보는 시선

CCTV 빛나는 눈빛

2부

섬이 되어

가을 강

다들 떠난다고 너도 일어서겠는가?
가을날 늦은 저녁놀 어둠이 몰려온다고
붉거진 손마디 끝에는
잠잠한 갈잎 배 한 척

밥술을 떨구고 앉아 기억을 더듬으면
나뭇잎 하나둘 물결 따라 바람 따라
강가에 소리쳐 우는
갈잎 소리 바람 소리

헤어지는 발길 앞에 낙엽을 잠재우고
스스로 흐느끼듯 흐르는 강물 소리
뿌리로 내리는 숨결
조용하게 듣고 있다

바람이 되어

나는 절절한 바람이고 싶다
가만있는 나무들도 흔들고

비에 젖은 나뭇잎들을
더욱 세차게 흔들어

사람들
마음 들뜨게 하는

그리움을 만들고 싶다

내 귀에 부딪는 그들만의 이야기들

가만히 엿듣다가 술렁거리는 몸짓으로

눈빛을
촉촉이 적시는

그리움이 되고 싶다

완성도 完成圖

내자內子는 늘 그렇게
완성된 그림을 좋아한다

하던 일 접어두고 어디든 가지 못하는 병

충일充溢한
그림 그려야만

일어서곤 하였다

눈이 오는 날 만나면
하염없이 하늘을 보고

함박눈 멈출 때까지 한눈을 팔지 않아

바람꽃
멈추어 서듯이

뿌리내려 서있다

고가古家

축 처진 어깨를

쓸어 올린 고향 옛집

한 시대 반가의 몰락된 족보를 들고

모습만

갖추고 앉아

호통치는 저 위엄

섬이 되어

어느 땐 섬이 되고 싶어
파도 소릴 그리워했다
갯바람 쐬면서 비릿한 방파제에 앉아

걸어도
끝없는 발자국 소리

잔소리처럼 마구 들린다

사라지는 그림자 위에
갯강구 기어 나오고
달빛에 부서지는 아름다운 이름으로

오늘은
조용한 섬으로 앉아

갈매기나 부를까?

겨울 준비

우리가 살아가는 길
그 길 위 여러 사람들
끊임없이 발자국을 남기며 살아가다
나이를
가득 채운 길 위

그림자도 없는 내가 선다

웃음을 끌어내 보지만
웃어도 또 웃어도
울음이 들릴 뿐 변화 없는 웃음 속에는
마주한
단둘뿐 허허한 벌판

나뭇잎 써는 칼바람

바람 소리 길을 쓸고 낙엽은 등을 부벼
서로를 위로하며 기억을 나누는 밤
겨울은
코앞에 다가와

삭풍으로 옷깃을 덮네

핸드폰에서는

어렵사리 얻어낸
정보를 만난 아침

한 정신 쏟아부어 살피고 또 살핀다

메시지
울리는 벨 소리

끊어졌던 마음을 연다

오월 꽃

바람이 불어오면
꽃 향이 쏟아지는

증권으로 표류하는 씁쓸한 햇살 한 줌

바람꽃
날리는 화단

나비들이 나는 비상

황지에서

백두대간 이르면
푸른 숲 터널이 깊다
과거가 묻히고 미래만 보이는 속에

촘촘한
그늘을 밟으며
푸른 씨앗들이 깬다

산을 보고 산을 가지만
깎아지른 낭떠러지
내 그림자 밟아가며 또 누가 뒤를 오를까?

겨레의
비밀이 숨 쉬는
분화구에 가 본다

낙동강 칠백 리 길 이곳에서 처음 열고
역사의 격랑 속 조용 흘러가는 물소리

뿌듯한
마음을 안고
먼 길 떠나는 신 끈을 맨다

오수午睡

긴 잠을 자고 나서

기지개를 맘껏 편다

하고 싶은 일들을 일기장에 적으면서

내일도

곤드레 밥 먹고

곤한 잠을 청할 거다

가을빛 하루 1

눈물샘에 눈물이 말라버린 날이라도
뜨겁게 살고 싶은 또 하루를 준비한다
이 가을
단풍 빛깔에 숨소리도 멈춘다

오장육부가 뛰는 날은 불을 끄는 마음으로
훤히 트인 바다 수평선 그 위 나는 갈매기
맴돌다
가을 낙조에 취해버린 넋이여

먼 길을 떠나는 밤 총총한 하늘에는
귀뚜리 박자 맞춰 제 짝을 불러댄다
오늘 밤
보름달 속에 그리운 이 떠오르리

산안개

속옷의 땀 냄새
지독하게 나는 날

잔소리 깔고 앉은 안개 피는 골짝 물소리

서둘러
말 못 할 사연
물안개로 덮으리

앞서가는 소문

내 발자국 울림 소리 심장까지 들릴까
쓰여지지 못한 언어 세상 밖에서 소리친다

외출한
정신이 들어와

내 육신을 뒤흔든다

정신은 소리 지르며 촛불시위 하면서
젖먹이 유모차가 잠자는 아이 울린다

심지어
꼬부랑 할머니까지

김밥 뭉치 들고 왔다

일상日常 1

한없이 눕고 싶을 때
물이라도 마셔라

떠나도 떠나지 못하는
아지랑이 같은 모습

춘곤증
까맣게 잊고
낮잠으로 눕는다

씁쓸한 모습으로
발자국을 읽어보면

자국마다 그 떨림이
가득 고여 있는 현실

뜨거운

지옥불 속에서

툭툭 털고 일어선다

꿈을 꾸다가

날아가는 새를 보면서

높이 올라가는 꿈을 꾸다

날다가 다친 사람은

기죽어서 어찌하나

아득한

그리움 채우며

줄을 잇는 삶의 길목

봄빛

내가 진한 바람이라면
쉬지 않고 불고 싶다

몸짓의 여운으로 살아있음을 보이면서

지금도
뽀얗게 살아 오르는

백목련 꽃망울들

순수함에 대하여

요즘은 교회 종소리
한 번도 들은 적 없다

시골 교회 종탑에서 울려오는 주일학교

순수한
수더분한 목소리
그 소리를 들을 수 없다

긴 줄 당겨 치는 종소리
하나둘 사라지고

바벨탑 쌓으려고 서로 언성 높이면서

지금은

교회 기둥뿌리

점점 키워가는 기업 이미지

3부

넌 어디쯤

가을 길

가을 길은 어깨가 가볍다
누구나 발길 멈추고

돌아서 바라보면 붉은 마음이 넘친다

마음속
가득한 출렁임이

높은 하늘을 찌른다

친구의 겨울

겨울을 앞에 두고
추위를 먼저 느낀다

그늘을 보고 나면 그림자 밟고 싶어

따뜻한
지난 계절에
추위로 다가선다

앞으로 드러누운 친구의 어깨 위에

봄날 진한 나비 한 마리
날아와 앉는 것 보고

내일은

추위 밀어내고
생기 먼저 도는 길섶

한계령 고갯길

그 누가 알겠는가
이 길을 닦은 이들

수많은 군인이 죽고 공병대 차량 낙하한 일

한계령
그 길은 울고

처음 넘던 이들이여

살아서는 넘지 못하고
장수대 혼魂들이 되어

옥수수 진땡이 술 얼큰하게 먹고 넘는

길 닦던
그때 그 시절

함께 이 길 걷고 싶다

산다는 것 1

사람 사는 일들은

여행하는 행인인 겨

떠나고 나면 또 채워지는

정직한 모습으로

떨리는

빈손을 들고

돌아오는 환한 얼굴

수행자

너는 이 시간부터
남 그림자도 밟지 말고
살아 숨 쉬는 생명 끊지 말 것이며

떨리는
마음까지도

넉넉히 쉬게 하라

딸린 자식 있거든
몸 낮춰 배워 채우며
도움을 얻었거든 갚을 준비 늘 하고 살라

찬 바람
잔가지를 꺾는 날이거든

네 주위를 둘러보라

휴휴암에서

사람이 절을 찾는 것은
마음속 해미를 걷어
젖은 어둠을 말리며 불안의 새를 쫓다

뻘밭에
묻은 오물들을

제거하고 싶은 거다

돌아가면 너무 늦고
바로 가면 빠른 오후
쉬엄쉬엄 살아가면서 숨 쉬는 보법을 배워

오늘도
여유로운 마음으로

이 산길을 지난다

공허 空虛

내 이 두 빈손으로

드릴 것 하나 없네

돌아와 다시 서봐도

마음은 텅 비었네

보아도

보이지 않는 맘

보여줄 것 하나 없네

산다는 것 2

우리가 사는 일은
무대 위의 연극배우

현장에서 울고 웃고 무대는 돌아간다

뜨거운
울음 한 장면

진한 감동으로 식힌다

가시에 찔린 아픔
오래도록 기억나서

지나간 무대마다 아픔은 살아 숨 쉬고

떠나도
잊혀지지 않는

또 한 장면 지나간다

이효석문학관

메밀꽃 허옇게 핀
산비알을 보노라면

봉평 그 산과 들 눈앞에 펼쳐진다

발자국
하얗게 빛나는
그 사람이 그립다

사람이 산다는 것
쉽지만 어려운 일

보시布施하며 살아가고 잃으면서 얻고 사는

내 안의

숨은 소리 듣고
문을 여는 심안心眼의 창

넌 어디쯤

걸어온 날은 길고
앞에 놓인 길은 짧다

고요한 삶의 자취 백발을 얹고 나면

스스로
문신을 지우듯

눈시울이 붉어진다

내 안에 창을 내고
자신을 들여다보면

어디쯤 모롱이 돌아서 가고 있는 나를 볼까

저녁놀
허옇게 물드는

백사장을 서성인다

냉정 冷靜

말하기 어려운 사람
다 알고 있을 뿐

서로 다 알면서 말하지 않는 것은

차가운
얼굴의 빙결무늬

서로 보고 싶지 않은

마음 탓

봄밤 하루

공원에서 흘려보낸
연둣빛 물살 가르고

초승달 희망을 얹어 골목길 비추고 나면

보름밤
달빛 만개한

꽃가지를 흔들리라

그대를 보고

나는 그대를 보고
큰 바다라 부른다

그 가운데 떠있는 것 난 섬으로 남아있어

가득한
영혼의 푸른 꿈

불꽃으로 오르는 하늘

다시는 흰 파도 소리도
넘어오지 못하게 하고

높은 하늘 수평선 위 갈매기 줄을 넘나들다

조용한
부르짖음 위로

몸 쉴 벽을 만든다

토종

물가가 오른다고
뭇사람들 아우성친다

고향 마을에서 생산한
쌀가마 보내온 아버지

쌀 한 톨
아깝게 여기라
호통치시던
할아버지
말씀

사촌도 잘 모르며 사는
요즘 어린 아이들은

참을성도 없어지고
눈물도 메마른 삶 속

할머니
다독여 주시던 손
그립다
그립다
그립다

나목裸木 1

바람이 강하게 분다고
산은 문을 닫고

나무들 귓문마다 바삭거리는 발자국 소리

뜸 들인
가을 문턱에서

말문을 붉게 연다

침샘이 마르도록
칭찬하던 바람 길섶

온종일 떠있던 생각을 정리하면

나목만
그리움 머금고

서로 볼을 부빈다

살아가는 길

마음이 아프더니
다리까지 아파온다

밭은 숨을 자주 쉬며
빈 공터에 서성이다

회오리
싸늘한 바람에
온 먼지를 덮어쓴다

잡석이라고 생각하던
우리 주위 사람들은

어느 날 금강석처럼
푸른 하늘 별빛이 되어

푸른 밤
빛나는 별빛으로
오늘을 살아간다

무섬마을

휘영청 달 밝은 밤

외나무다리 건넌다

흐르는 물속에 뜬

떨리는 그림자 데리고

불빛만

까물까물한 사랑채

할아버지 거친 숨결

4부

배고픈 시절

막내 동생

막내 동생이 가지고 온

비트를 먹어본다

충청도 산그늘이

깊이 내리는 호숫가에

밤마다

푸른 꿈을 키우는

밝은 얼굴 장하여라

가을비

빗방울 울림 속으로
내력이 흘러간다

하루 종일 뜬눈으로
활짝 연 귓문 위로

떨리는
마음만큼 살짝

우산을 들어 올린다

푸르다고 하지만
마음은 말라가고

떨고 선 나목 앞에

낙엽은 소리 내어 울고

서글픈
내 영혼의 무게

낙엽 속에 젖어든다

서로 돕다

전부 다 비워놓아도
차서 넘치는 무거움

지금껏 내 마음 비우고 또 비워내도

마음에
쌓이고 쌓인

하늘만큼 무거운 걱정

사람이 편안하다는 것
느린 걸음걸이와 같은 것

서로의 마음을 읽고 채워주고 비워내는

무쇠도
녹아내리는

세상살이 한 철학

미래의 그곳

저렇게 푸름 속에는
무엇이 담겨있을까

푸른 하늘 위에도 강과 바다 속에도

한가득
출렁이는 그리움
가보고 또
가보고 싶다

가냘픈 파문 위로
그려지는 미완성 그림

그리움은 깊이를 더하고 호기심도 차오르는

정말로

우리가 갈 곳

영혼의 안식천가

살다 보면

울고 싶은 날
굵은 빗줄기 내리고

낯선 마당가에
개구리 울음소리

이 세상
그대 같은 삶을
나도 살았지 않았을까

님들이 떠난 후에
남겨진 외로운 나날

목청을 낮추어서
겸손하게 살다 보면

추억이

그리움 되는

아름다운 이야기 될까

겨울 하늘

땅이 꽁꽁 언 겨울날
배추 뿌리 깎아 먹던 시절

배고픔도 모르면서
가난도 뛰어넘는

지금은
그리움에 젖어

동그란 하늘 쳐다본다

넌 그런 아픔이
무엇인지 모르지만

때로는 쌓이고 쌓여

그리운 추억으로

겨울날
그 이야기가

흰 눈 속에 덮인다

오늘은

울음을 터뜨리는 날은

햇살도 어두워 보여

갈등을 안고 사는

우리들 살림살이

내일은

밝게 뜨는 해

기다리는

저문 날

내일 걱정

엉큼한 사람일수록

투명한 걸 잘 모른다

지금은 땅땅거려도

미래는 두렵겠지

아침에

눈부신 햇살

내일부턴 어쩌려나

새싹

수많은 화살촉에
봄빛을 사정없이 입혀

하늘을 목표 삼아
그리움을 외쳐댄다

햇볕에
살아 움직이는

연둣빛 화살을 쏜다

성수기

몸살 나게 비가 내리는

장맛비 사이사이로

우리는 말도 없이

축축한 마음 사고판다

하늘을

뚫은 빗줄기

한탄 소리 가득하다

지난날

흔들벤치에 앉아서
내일을 그네 뛴다

표정이 허름하여 자세마저 고쳐 앉으면

굴러간
시간의 동태 소리

귓바퀴에 감돈다

어둠 다 떠난 줄 알고
자리를 펴놓으니

아주 먼 애절함이 함께 따라와 눕는다

오늘도
골목길 저편에서

껌벅이는
그리움들

소나기

한줄기 비 내리니
나뭇잎은 춤을 추고

지팡이 없이 걷는 할아버지 걸음걸이

해맑은
아이들 웃음소리

바람도 시원하다

됨됨이

바람은 들판에서

낙엽落葉을 비질하고

강물은 바람 따라

속삭이듯 흘러간다

사람은

올곧은 마음

간직해야 사람이다

운명

저수지 물을 빼면
고기들이 퍼덕인다

살고 싶어 이리 뛰고 물을 보고 저리 뛰는

사람들
눈동자 안에서는

맑은 술잔이 돌고 있다

생명은 고귀한 것
물도 없는 벌판에서

살기 위한 버둥거림 목숨까지 위태하다

지구는

삶을 실은 채

계절을 실어 나르고

공수거 空手去

한없이 달은 밝고
하늘은 턱없이 깊다

될 것이다 믿던 일이
어김없이 파투가 나고

토굴 속
웅크리고 앉은

짐승 같은 내 마음

다 떠나고 없어도
달빛은 일렁이고

공허 속 한가운데

우뚝 서 있는 우리

어설픈
세월 탓하며

두 손 털고 바라본 허공

고향 51

바람이 부는 날은 고향을 찾아라
천둥도 폭풍우도 아랑곳하지 않고
눈물도
말릴 수 있는
장소까지 챙겨놓다

밤마다 풀벌레 소리 마음을 다독이고
도랑물 졸졸졸졸 소리 내어 달래는
고향은
별빛 가득한
네 마음의 안식처

문^門

하루 종일 말문을 닫고

소리 없이 꽃비 내린다

봄노래를 둘러업고

사방으로 흩어지는

꽃향기

떨어지는 꽃잎

굳게 잠긴 비밀번호

5부

부석사 목탁 소리

화두

마음이 궂은 날

한풀 꺾인 그림자 몰고

무기력하게 녹슨 언어를

힘주어 닦아내다

심장 속

끓어오르는

새 힘이 솟구치다

장마

소백산 내리는 비
요즘 들어 더욱 잦다

비 사이로 걷다가
천둥소리에 놀라다

비바람
지루하도록

종일 내리는 장맛비

서천이 들끓듯이
물소리 요란하다

발걸음 속도 내어

빗길을 재촉한다

밤 내내
장대비 소리

내일을 위협하는 하늘

빈 둥지

아이들 다 떠나고
방 안에 남아있는

다 낡은 이부자리
공부하던 책걸상들

때 묻은
잡동사니가
이젠 나와 같이 산다

가끔은 무선 타고
안부를 물어 오다

온 전신 나이 탓에
삐걱대는 소리 소리

한의원

봉침 맞는 날

기분 한결 좋은 하루

나이테

잘 산다 소리쳐도
빠짐없이 늙는 것은

비틀리는 걸음걸이
오늘까지 살아온 날

운명은
모질게 맞서
서쪽 하늘 물들다

한때는 날아갈 듯
두 어깨 들먹이다

박수갈채 사이를 돌아
이 자리에 서있지만

오늘도

노을 한 아름

나이테를 그리다

뇌졸중

혈관 속 막아서서

죽음을 겨냥한다

몸을 움츠리고 대륙 이동설

난무한 영화를 보면서

가마솥

시꺼먼 끄름

푸른 하늘을 덮는다

안동병원 휴게실

낙동강 굽이쳐 내리고

넓은 강물 위 청둥오리 뜨다

자동차 물밑 속 그늘 줄줄이 따라가고

아파트

짙은 물그리매

넓은 창가에 내리다

부석사 목탁 소리

부석사 목탁 소리
봉황산을 휘감는다

여울져 흐르는 물소리
저녁 산을 타고 내려

늦가을
억새꽃 스치는
바람머리를 맞는다

계곡물 잔잔한 날
나뭇잎이 떨어지고

바람은 가을을 타고
낙엽은 계절을 타고

범종이

산야를 달래면

저녁노을은 짙어지고

나목裸木 2

다 비운 나뭇가지
겨울 넘기기 힘들다

그 뜨건 농막에서
빈 몸으로 열기 내리고

공중의
푸른 기운을
온몸에 담아보다

꽃 지고 단풍으로
세상 멋 다 부리더니

갈바람 몰아치니
나뭇잎 홀홀 벗다

잘 익은
감나무 열매
하나 달고 겨울나다

일상日常 2

무청을 엮어 말리다
생각에 물이 든다

햇살이 잘 드는 날
그대 옷섶이 물에 젖어도

하늘빛
좋은 날이다

조곤조곤 혼자서 즐기다

강둑에 엎드려서
강물을 내려다보면

물소리 들리지 않고

마음만 조용히 흐른다

달빛이
강물에 그린

한 폭 수채화에 취하다

늦가을 첫눈

나뭇잎 불타는 듯
보기 좋은 단풍 들고

고단한 하루 일과 영잎 지는 생활 속

구름도
한 점 없는 하늘
높아만 가는 빛깔

무엇이 부끄러워
한밤중에 한 세상을

하얗게 덮을까 알 수 없는 일이다

찬 바람

가슴에 몰아쳐도
따뜻함을 덮는다

정의가 있다면

등짝에 지금까지 새겨진 문신 있다면
북극성을 따라
방향을 잡아가며

한 번 더
두 팔을 들고

깃발을 날릴 거다

눈비를 몰고 오는
검은 구름 만났어도

폭풍우 절박해도 피하지 말아야지

큰바람

그 기둥을 안고

승천하고 싶을 거다

책을 읽으며

기억을 잃었던 날
모든 사람들 관계없다

바람에 갈잎 날리듯
머릿속은 왕왕거리는 벌집

정원엔
가을비 내려

차가움이 더하다

시계를 보란 듯이 차고
으스델 때 있었던가

죽을 때까지 낙엽은 되지 않겠다고

바람 끝
가지에 매달려

안간힘 쓰던 오 헨리

사막 길

사람은 욕심이 차면
사하라 사막이다

불볕은 정수리에 내리고
까마득한 모래바람 불면

마음은
푸른 바다로
땀방울은 비 오듯

캄캄한 터널 지나도
일상은 흔들리고

걸어온 길목마다
기로岐路에서 방황도 했다

코끝에

눈물 같은 땀방울

또 훔치고 돌아보다

좋은 세상

오늘도 가속도 붙은 삶
빠르고 편리하다

가파른 거리감도 날듯이 따라잡고

희망찬
판도라 상자 열면

신문물이 쏟아진다

편하게 움직이고
빠르게 살다 보면

시절도 함께 흘러 나이까지 빨리 든다

떠나는

모습 보면서

느릿느릿 살고 싶다

각박한 시대

요즘의 가정교육은 무덤이다
층층시하 살아본 적 없는

아버지 못 본 지 오래된 아이들 소리

핵가족
맞벌이 부부

아이들 제대로 가르쳤나

위정자 막말 논리
밥 먹듯 멋대로 하고

대자보에 쌓인 욕설 한두 가지 아닌 시대

본 적도

배운 적도 없는

예법은 벌써 물 건넜네

친구 생각

백자다관에 찻물 부어
작설차를 우려낸다

늦가을 녹빛 찻물
그 맛은 혀끝에 돌고

장작불
활활 태워서
빚은 다기 신비롭다

옛 벗이 그리워서
녹차를 마주한다

설지도 아니하고
익지도 아니한 빛깔

우려낸

찻물빛에서

친구 모습 어른어른

서로 나누자

꽃밭에서 화사하게
꽃구경을 하면서도

속삭이는 꽃말을 알아듣지 못하면

마음에
단단한 돌덩이

끊임없이 던지는 일

햇살이 반짝여도
웃음소리 나지 않으면

얼룩진 서민들의 아픔이 머무는 곳

핸드폰
울리는 소리에 가려
그들 울음도 듣지 못해

향수 鄕愁

뼈마디 하나하나
바로잡지 못해서

마모된 낡은 뼈다귀 삐걱대는 기계 소리

산그늘
말없이 내리고
땅거미 지는 하루

바람이 불어오면 넘어질까 두렵다

그리움 안은 채로 쓰러질까 두렵다

맥없이
낡은 토담에
기대어 앉아본다

오늘 이승을 뜬다 해도 시인은?

박영교 시인·전 한국시조시인협회 수석부이사장

　시인은 스스로 빛을 만들어내며 살다가, 죽어서는 광채를 발하는 별과 같은 존재다. 그래서 시인이 이름을 남기려면 항상 절차탁마切磋琢磨하는 자세로 세상을 살아나가야 하는 것이다.

　세상이 어지러울 때 깨끗한 정신력을 발휘하여 시대를 평정해 나가는 동시에 질서와 자리를 정리 정돈 할 수 있는 힘을 표출하고, 자생할 수 있는 능력을 만들어나가는 지혜와 청렴, 정체성identity을 펼칠 수 있는 인재人才 대부분이 시인이며 문인들이다.

　시는 "정서情緖의 표출表出이 아니라 정서로부터의 도피逃避이며 개성個性의 표현이 아니라 개성으로부터의 도

피이다"라고 한 것은 T. S. Eliot의 시관詩觀이지만 결국 시
는 사랑하는 내 삶의 한 부분이며 내 생활 속의 충격적 마
음의 한 발현發顯인 것이다.*

시인의 붓끝은 약하지만 그 시는 어렵고 가난한 자의
편에 서서 천군만마와 싸울 때 이길 수 있는 용기와 지혜
의 큰 힘이 담긴 명검名劍으로 쓰이기도 한다. 또 황폐해
가는 사람의 마음을 어루만지고 달래어 위로하고 일어설
수 있는 카타르시스를 일으키기도 한다.

사람으로서 느낄 수 있는 시의 정감에는 깊고 넓으며
푸르고 높은 등 온갖 희로애락喜怒哀樂이 포함된다. 시간
과 공간을 망라하여 그 정감이 사람의 마음을 움직일 수
있다. 시의 언어에는 아름다움을 그리는 리듬이 숨어있
어 그 정감을 더하는 것이다.

이번 시집은 작품들이 많지만 5부로 나누어서 한꺼번
에 신기로 한다. 각 부마다 삶의 발자취를 골고루 섞어서
17편의 작품을 싣고, 5부에는 1편을 더 실었다.

각 부의 작품들의 의미를 살펴보기로 하자.

나에게는 아무것도 남은 것이 없어서

---

* 박영교, 『시조 작법과 시적 내용의 모호성』, 천우, 2013, p.231

오늘 이승을 뜬다고 해도 서운할 것 없다
빛바랜
성 이름 석 자도
이제는 너절한 옷가지일 뿐

비우면 채워진다고 친구가 떠나며 부탁한 말
사람은 근본이 있어 한 권의 고서적 같은 것
다 비운
내 전신 모두
병원에 양도하고 간다
　－「신체 양도」 전문

　나는 내자內子와 함께 죽기 전에 신체를 병원에 기증하
여 다른 사람들에게 도움을 줄 수 있으면 좋겠다고 생각
한 끝에 신체 양도를 생각했다. 얼마 남지 아니한 생의 길
을 다른 사람들 손에 의지하지 않고 스스로 한 줌의 재 봉
지를 받아서 선산에 또는 어디든 묻으면 되도록 먼저 일
을 완료한 것이라고 생각한다.

　요즘 하루는 밥 축내는 일
　잠도 잘 오지 않는 밤

내 안에는 잠도 없고
눈도 멀어 책도 못 볼 때

손자가
"할아버지 청소하자"

칭얼대며 손을 잡는다
  —「손자는 요즘」전문

   나의 집 가까이에 사는 손자가 오면 할아버지 할머니를 아주 재미있게 살도록 이끌어 가고 있다.
   나이가 23개월일 때는 말도 못하는 손자가 큰딸의 손자들이 시계를 차고 다니는 것을 보고 제 할머니를 붙잡고 할머니의 손목을 치고, 형아가 차고 있는 시계를 탁탁 치고, 자기 손목을 치면서 할머니에게 사달라고 한 것부터 웃음을 계속 나오게 하는 모습을 보여주었다.
   요즘 우리 집에 와서는 할아버지를 보고 청소하자고 칭얼대는 모습이 너무나 기특해서 청소를 시작하기도 한다.

   아무것도 달라진 것 없는

사촌이 죽은 후의 일들

아들 진호는 어디에 두고
너는 떠나가 버렸니?

나에게
먼저 알리고
떠났으면 좋았을 것을

아들이 어디에 사는지
알지도 못하는데

아버지 죽음을 알리는 전화벨 소리에

얼른 와
사인하고 떠나버린
넌 누구의 자식이니?
　－「동생이 떠난 후 - 진호에게」

내 사촌동생이 죽었다. 그는 서울에서 살다가 아들 진

호 하나를 두고 떠났다. 무슨 병으로 죽었는지도 모르게 세상을 떴는데 아들과는 이별한 상태였다. 어디에 사는지를 몰라 경찰서에 연락하여 아들이 와서 보고 사인을 해주어야만 여러 절차가 허락된다고 해서 조카를 찾았다. 그런데 경찰서에서 연락한 후 아무도 모르게 다녀갔다고 한다.

자식과 헤어져서 그렇게 살다가 떠난 종동생의 생애가 너무나 허무하여 한참 동안 눈물이 나서 장례식장에 우두커니 서있다가 돌아왔다. 무엇이 잘못되어 이런 사이가 되었는가를 묻지도 못하고 그냥 돌아온 것이다.

정도正道를 지켜 살았는가?
나는 마지막 유서를 쓴다

살아온 길 위에 서서
뜨거운 목줄을 걸고

내리는
산그늘을 타고

나 또한 어둠에 젖는다

자다가 깨지 못하면
어쩌나 떠날 준비는

유유히 사라져 가는
내 목숨에 불을 붙여

이 한밤
어둠을 밝혀

다 태우고 떠나고 싶다
　－「마지막 유서」 전문

　사람은 살아갈 때에 자신이 누구인가를 알아야 한다.
요즘 젊은이들은 키워주면 자신이 혼자서 스스로 큰 것
처럼 행세하려고 할 때가 많다. 나는 어떤가, 정도를 걸어
왔는가를 한 번쯤 생각해 볼 필요가 있다.

　백수白水 정완영 선생께서 말씀하시기를 "어제같이 문
단에 나와서 오늘같이 비개덩이 같은 시집을 묶어 내고
내일같이 평필을 잡고 휘두르는 시인이 많다"고 했다. 이

말은 문단에만 나오면 스승은 간데없고 자신만 내세우는 시대에 살고 있다는 것을 비유한 것이다.

사람은 나서부터 무덤을 향하여 항해航海하는 조그마한 쪽배에 불과하다. 누가 그것을 부인할 수 있단 말인가? 죽으면 내 무덤에는 백비白碑를 세운다고 먼저 유서처럼 내려놓은 것이다.

　　내자内子는 늘 그렇게
　　완성된 그림을 좋아한다

　　하던 일 접어두고 어디든 가지 못하는 병

　　충일充溢한
　　그림 그려야만

　　일어서곤 하였다

　　눈이 오는 날 만나면
　　하염없이 하늘을 보고

함박눈 멈출 때까지 한눈을 팔지 않아

바람꽃
멈추어 서듯이

뿌리내려 서있다
　　　─「완성도完成圖」전문

　나는 눈 오는 겨울을 좋아한다. 내자는 자기 자신이 꼭
필요하거나 신기한 현상을 보았을 때는 하염없이 그곳에
서 말뚝을 박은 듯이 움직이지 않고 서있다. 무엇이든지
심취心醉하는 상황을 보았을 때는 함께 가만히 서서 보고
있어야 한다. 옆에서 아무리 말을 해도 들리지 않는 것은
그것에 집중도가 아주 강하게 작용하는 것 같다.
　눈이 내릴 때 그것도 함박눈이 내리면 아이처럼 그저
기분이 들뜬다. 눈이 어깨에 모자에 쌓이도록 걷기도 하
고 눈을 감고 가만히 서있기도 한다. 온갖 우주 만물의 소
리도 들리고 먼 기억도 오늘인 듯 선명하게 그려질 때도
있다. 눈 오는 날은 나도 말뚝이 된다. 그리움에 두 눈을
감을 때가 더 많다.

축 처진 어깨를

쓸어 올린 고향 옛집

한 시대 반가의 몰락된 족보를 들고

모습만

갖추고 앉아

호통치는 저 위엄
  ―「고가古家」 전문

우리 고향에 가면 고가들이 즐비하게 많다. 그곳에 서서 보면 와가의 곡선이 아주 보기 좋다. 그 옛날 그 고가에 가서 지난날 살던 할아버지나 할머니 아니면 그 집 주인이 아랫사람들에게 호통치는 것을 연상해 보면서 이 작품을 쓰게 된 것이다. 요즘도 세도를 부리는 힘 있는 사람들의 모습을 떠올릴 수도 있으며 더러는 우리들의 마음을 생각할 수도 있는 작품이다.

요즘은 우리가 권력자를 선택하고 만들어주는 시대

다. 권력을 잡은 사람들은 매우 부드럽고 따뜻하게 시민들이나 주위 사람들을 대해줘야 하는 시대에 살고 있지 않는가?

어느 땐 섬이 되고 싶어
파도 소릴 그리워했다
갯바람 쐬면서 비릿한 방파제에 앉아

걸어도
끝없는 발자국 소리

잔소리처럼 마구 들린다

사라지는 그림자 위에
갯강구 기어 나오고
달빛에 부서지는 아름다운 이름으로

오늘은
조용한 섬으로 앉아

갈매기나 부를까?
　　−「섬이 되어」전문

　공직 생활을 할 때 울릉도 유배 생활流配生活을 3년 동안
하고 나온 적이 있다. 우리가 살아가는 동안 그런 험지에
가보지 아니하고 승진하는 금수저들은 어디나 있다. 그
러나 그런 험지에 가서 살아보지 아니한 사람은 관직에
올라서 생활할 때 아랫사람들의 마음을 헤아리기 어렵고
그리움도 잘 모르고 살아가는 생활을 할 것이다.
　예나 지금이나 국민들의 아픔을 알아야 바른 정치를
할 수 있는데 지금의 대한민국의 정치는 어디로? 어디쯤
가고 있나? 걱정해 본다. 국민은 뒤로하고 국회의원 금배
지를 달기 위해 싸움을 하고 있는 것을 보면 한심한 정치
수준에 나라 걱정을 또 하게 된다.

　그 누가 알겠는가
　이 길을 닦은 이들

　수많은 군인이 죽고 공병대 차량 낙하한 일

　한계령

그 길은 울고

처음 넘던 이들이여

살아서는 넘지 못하고
장수대 혼魂들이 되어

옥수수 진땡이 술 얼큰하게 먹고 넘는

길 닦던
그때 그 시절

함께 이 길 걷고 싶다
　－「한계령 고갯길」 전문

　한계령 고갯길을 몇 번이나 넘어보았다. 필자가 1965년
도에 수송병과로 원통 1102야공단 125대대에 운전병으
로 부임을 받아서 군대 생활을 했다. 그때 동료 군인들이
한계령 고갯길을 닦다가 많이 죽어 나갔다.
　장수대, 하늘벽, 옥녀폭포, 대승폭포 등 수많은 언어들

이 떠오르고 있다. 내 머릿속에는 그때 그 죽은 시체를 지키던 나의 군대 생활이 떠오르고 장병들의 한없이 흐르던 눈물이 떠오른다.

걸어온 날은 길고
앞에 놓인 길은 짧다

고요한 삶의 자취 백발을 얹고 나면

스스로
문신을 지우듯

눈시울이 붉어진다

내 안에 창을 내고
자신을 들여다보면

어디쯤 모롱이 돌아서 가고 있는 나를 볼까

저녁놀

허옇게 물드는

백사장을 서성인다
 ―「넌 어디쯤」 전문

대부분 사람들은 자신을 돌아볼 줄 모른다. 나이 육십일 때까지는 날아다닐 것처럼 행동하면서 내 자신의 살날이 얼마나 남았는가도 모르고 천방지축 그렇게 살아간다.

나이 칠십에도 철이 들던가? 자신이 어디쯤 가고 있는지 모르고 살다가 어디 한 군데 아프면 찌그러져서 자기 자신을 잠깐 돌아보고 그것도 얼마 안 가서 또다시 천방지축이 된다. 특히 남자가 더 그렇다.

이제 백발이 성성해지고 나이가 지긋해지면 그때야 비로소 내가 어디쯤 가고 있는가를 돌아보게 되면서 세월의 허무함을 알게 되는 것이다. 저녁놀 허옇게 물드는 자신의 길을 다시 돌아보게 된다.

사단법인 대한노인회 노인대학 학장을 7년 6개월 하는 동안 가장 많이 들은 노래가 "고장 난 벽시계는 멈추었는데 저 세월은 고장도 없네……"였다.

물가가 오른다고

뭇사람들 아우성친다

고향 마을에서 생산한
쌀가마 보내온 아버지

쌀 한 톨
아깝게 여기라
호통치시던
할아버지
말씀

사촌도 잘 모르며 사는
요즘 어린 아이들은

참을성도 없어지고
눈물도 메마른 삶 속

할머니
다독여 주시던 손
그립다

그립다

그립다

－「토종」전문

　나는 중·고등학교 교사 생활을 할 때까지는 고향에서 생산하는 쌀과 부식을 가져다 먹었다.

　우리는 사촌도 알고, 육촌도 알고, 팔촌 형님까지 알고 살아왔다. 그 옛날에는 팔촌이 한 마당에서 태어났다고 한다. 이 말은 옛날 농경 생활을 할 때는 한 집안에 팔촌까지 함께 살았다는 말이 된다. 그러니 그때는 얼마나 복잡한 가계의 생활이었겠는가? 우리 내외도 결혼하고 층층시하에서 함께 살았다. 대가족이고 손님도 많아서 한 달에 쌀 한 가마니 하고도 열 되를 먹었다.

　위 시는 사촌도 모르고 살면서 참을성도 없고 눈물도 모르고 사는 핵가족시대, 예의범절까지 생각할 겨를도 없는 삭막한 시대에 살고 있음을 표출하고 있는 시이다.

　지금도 따뜻한 손으로 보듬어 잡아주시던 그때 우리 할머니 손이 그리워지고 할아버지 엄하신 말씀 한마디가 그리워질 때가 있다.

　막내 동생이 가지고 온

비트를 먹어본다

충청도 산그늘이

깊이 내리는 호숫가에

밤마다

푸른 꿈을 키우는

밝은 얼굴 장하여라
　－「막내 동생」전문

　나의 맨 끝 동생은 복연이다. 아버지 돌아가시고 어머
니마저 중풍으로 누워계실 때 충북 단양에서 결혼을 했
다. 시집에 데려다주고 나오는데 돌고 돌아도 산모롱이
뿐인 첩첩산중이었다. 눈물이 자꾸 흘렀다. 이종찬 그는
제천시 수산면에서 지금도 농사일을 하면서 잘 살고 있
는 내 사랑하는 매부이다.
　우리 부모 산소에 벌초를 하지 못할 때 매년 산소에 풀

을 내려주는 든든한 나의 매부이다. 태어나서 우리 어머니의 사랑을 가장 많이 받은 내 막냇동생에게 지금도 우리 내외는 부모 역할을 하고 있다. 아직도 걱정되고 사랑스럽기만 한 내 막내 여동생이다.

혈관 속 막아서서

죽음을 겨냥한다

몸을 움츠리고 대륙 이동설

난무한 영화를 보면서

가마솥

시꺼먼 끄름

푸른 하늘을 덮는다
　　－「뇌졸중」 전문

영양 수비중·고등학교 교장에서 춘양중·상업고등학

교 교장으로 부임을 했다. 영주 자택에서 출퇴근하고 있을 때이다. 하루는 아침에 세수를 하고 나오는데 혀가 굳고 말이 되지 않았다. 내자가 침으로 다스려서 말이 되었다.

비포장도로로 약 한 시간 달려서 학교에 도착하여 근무하고 집으로 왔을 때는 너무 피곤했다. 한 주 후에 세수를 하고 나니 또 말이 안 되고 어눌해지자 다시 내자가 고쳐주었다. 큰 병원으로 가보는 것이 좋을 듯하여 서울대학교병원 신경과에 가서 치료를 받고 약을 받아 왔다.

말이 안 되는 것도 중풍의 일종이라고 하였다. 나는 그 이후로 중풍이라는 것을 앓고 있었음을 느끼면서 내자가 약 외에 건강보조식품으로 처방 내린 것과 대학병원에서 받은 약을 잘 복용하여 지금까지 잘 버텨오고 있는 중이다.

사람들은 자신이 열심히 하면 무엇이든지 다 이루어낼 것같이 느껴지지만 그렇게는 되지 않는다. 하늘이 허락을 해야 되는 법이라는 걸 나는 그때서야 확실히 깨달아 알고 있다.

부석사 목탁 소리
봉황산을 휘감는다

여울져 흐르는 물소리

저녁 산을 타고 내려

늦가을

억새꽃 스치는

바람머리를 맞는다

계곡물 잔잔한 날

나뭇잎이 떨어지고

바람은 가을을 타고

낙엽은 계절을 타고

범종이

산야를 달래면

저녁노을은 짙어지고

　　　－「부석사 목탁 소리」전문

　부석사는 무량수전과 함께 우리나라 국보를 가장 많이
보유하고 있는 사찰이다. 소백산과 태백산을 함께 안고

있는 부석사는 누가 언제 와서 봐도 그 고요함과 사바세계의 엎드린 삶의 경지를 느낄 것이다. 다른 곳에서는 느껴볼 수 없는 부석사 무량수전의 정취靜趣이다.

무량수전을 바라보고 올라가려면 안양루 밑을 통과해야만 올라가는데 그 안양루 현판 '浮石寺'라는 글씨는 이승만 초대 대통령께서 쓰신 친필이다. 늦은 저녁 때 안양루의 공포불을 통해 내려다보는 세계는 우리 인간의 삶을 뛰어넘은 또 하나의 세상을 그림으로 보는 듯하다.

낙동강 굽이쳐 내리고

넓은 강물 위 청둥오리 뜨다

자동차 물밑 속 그늘 줄줄이 따라가고

아파트

짙은 물그리매

넓은 창가에 내리다
　－「안동병원 휴게실」 전문

174

안동병원에는 손자 태우가 입원해 있어서 몇 번 내려 갔었다. 내자와 함께 건강검진을 받으러 매년 내려가는 곳이기도 하다.

위 시는 태우가 아파서 입원해 있을 때 얼마 동안 함께 있으면서 병원 휴게실에서 내려다본 광경을 작품화한 것 이다.

손자 태우는 참 잘생기기도 했지만 마음씨가 너무 곱 고 할머니 할아버지 말을 잘 따라준다. 말할 때도 어른들 이 쓰는 어휘를 자유자재로 구사할 줄 안다. 어른들이 쓰 는 어휘를 받아서 적절하게 알맞게 쓴다는 것이 내 손자 의 아주 큰 장점이기도 하다.

이상으로 시집 『우리 어디쯤 가나』에 실린 작품들을 읽 어보았다.

사람이란 살아있어야 사람이다. 그리고 시인은 자신의 작품을 열심히 써서 발표해야만 시인의 자격이 있는 것 이다.

시를 쓰는 시인의 그 집념과 노력은 먼 거리를 달리는 마라토너의 바로 그 자세이거나 에베레스트의 정상을 향 하여 꾸준히 등반하는 등반대원의 의지와 인내 바로 그

것과 같아야 한다.

시인은 그 시대 언어의 주인인 동시에 등불임을 자신해야 한다. 그리고 좌로나 우로 치우치지 않아야 한다. 그 시대를 바로 보고 활보해야 한다. 또 언제나 때 묻지 않은 맑은 목소리로 타이르는 안내자여야 한다.

M. Heidegger가 말한 "시詩는 언어의 건축물建築物이다"라는 말에는 공감하지만 책보다 인터넷, 글을 읽지 아니해도 난무하는 지식, 일렁이는 파도 같은 소문의 팔로우가 판을 치는 이 시대에서 시인은 이런 아픔으로 언어의 건축물을 어떻게 지을 수 있을까?

시인은 자신의 삶과 끊임없이 투쟁하면서 시대의 아픔에 동참해야 하고 미래의 세계를 창조해 나가는 선구자의 길을 걸어야 하며 무한한 가능성을 끊임없이 추구해 나가야 한다. 아픔도, 투쟁도, 고난도, 자연의 숨결까지도 승화시켜 리드미컬rhythmical한 아름다움을 표출해 내야 할 의무를 지닌 사람이다.

"나는 시인이다"라고 당당하게 말할 수 있는 시인이고 싶다.